快乐魔法学校

⑧ 独家新闻缔造者

© 2018, Magnard Jeunesse

本书简体中文版专有出版权由Magnard Jeunesse授予电子工业出版社。未经许可，不得以任何方式复制或抄袭本书的任何部分。

版权贸易合同登记号　图字：01-2023-4943

图书在版编目（CIP）数据

独家新闻缔造者／（法）埃里克·谢伍罗著；（法）托马斯·巴阿斯绘；张泠译. --北京：电子工业出版社，2024.2
（快乐魔法学校）
ISBN 978-7-121-47223-7

Ⅰ.①独… Ⅱ.①埃… ②托… ③张… Ⅲ.①儿童故事－法国－现代 Ⅳ.①I565.85

中国国家版本馆CIP数据核字（2024）第034275号

责任编辑：朱思霖　文字编辑：耿春波
印　　刷：北京瑞禾彩色印刷有限公司
装　　订：北京瑞禾彩色印刷有限公司
出版发行：电子工业出版社
　　　　　北京市海淀区万寿路173信箱　邮编：100036
开　　本：889×1194　1/32　印张：13.5　字数：181.80千字
版　　次：2024年2月第1版
印　　次：2024年2月第1次印刷
定　　价：138.00元（全9册）

凡所购买电子工业出版社图书有缺损问题，请向购买书店调换。
若书店售缺，请与本社发行部联系，联系及邮购电话：(010) 88254888，88258888。
质量投诉请发邮件至 zlts@phei.com.cn，盗版侵权举报请发邮件至 dbqq@phei.com.cn。
本书咨询联系方式：(010) 88254161转1868，gengchb@phei.com.cn。

小猛犸童书

[法]埃里克·谢伍罗 著 [法]托马斯·巴阿斯 绘 张泠 译

快乐魔法学校

⑧ 独家新闻缔造者

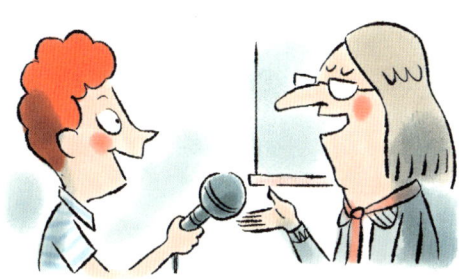

電子工業出版社
Publishing House of Electronics Industry
北京·BEIJING

目录

第一回	期待已久的礼物	5
第二回	独家新闻!	13
第三回	真心话	19
第四回	《小小巫师报》	25
第五回	轩然大波!	29
第六回	马吕斯留下的蛛丝马迹	35
第七回	成功营救马吕斯!	41

第 一 回
期待已久的礼物

"哇！不会吧！是真的吗？"

妈妈并没回答我，只是带着神秘的神情看着我微笑；爸爸也不作声，他只是架好了相机对准我，一副记录重大历史时刻的样子。

我手忙脚乱地撕开礼物的包装。啊！我简直不敢相信自己的眼睛！真的是我梦寐以求的"超级小间谍全套装备"耶！

这几个月来,我跟爸爸妈妈要这件礼物,都快把嘴皮子磨破了:"好的,我玩的时候一定会注意安全……"

"我当然知道有什么样的风险!"

"我保证不会带到学校去……"

但是,谁能忍住不把这么炫酷的东西带给小伙伴们瞧瞧呢?于是,第二天上午,课间时分,我刚一打开盒子,摩图斯、马克西姆斯和马吕斯就惊呆了。

"哇,我可以戴戴间谍眼镜吗?"摩图斯急切地问。

"这对'耳朵',借我,行吗?"马克西姆斯也忙不迭地说。

"这个话筒有什么神奇功能？"马吕斯好像发现了新大陆。

我赶紧把盒盖盖上："我说，伙计们，你们慢点儿！这可是我的礼物哦！"

"但是，你昨天已经玩了一整天了吧……"摩图斯试图说服我。

"没有，我没玩，我这不是等着跟你们一起玩嘛。"

不过，我没有告诉他们的是，昨晚我躺在床上兴奋得睡不着，设计出了这套装备的许多种玩法，想要在上学的时候挨个试一遍，肯定会很好玩。

而且，很凑巧，这个月轮到我做学校《小小巫师报》的责任编辑。

有了这套装备,我采编新闻不就如虎添翼了嘛!不如就先试试穿墙眼镜吧……

"咱们先看看教导主任在干吗,怎么样?"我说出了我的建议。

教导主任总是很神秘,他整天都把自己关在办公室里,不知道在忙什么。有时候,我们甚至好几天都见不到他……那么,现在不正是千载难逢的好机会吗?

我简直说出了大家的心声,小伙伴们都双手赞成:"对!""同意!""快看看!"

大家簇拥着我来到了教导处。嗯，确切地说，是来到了教导处的后墙。我戴上了穿墙眼镜……嚯，吓得我猛退一步！这副眼镜功能太强大，只需一眼，我就能把教导主任办公室里的一切看得清清楚楚，而我看到的情景是如此……令人震惊！我不由得咯咯地笑了起来。

"喂，你看到什么了？快告诉我们！"

"让我戴上看看！"

我犹豫了一下，还是把眼镜摘下来递给他们。小伙伴们轮流把眼镜架在鼻子上，一个接一个都笑了起来。

我们终于知道教导主任在办公室里面都忙些什么了！

只见他刚放下手里的工作，就马上放起音乐，然后跑到镜子前随着音乐扭动身体跳起舞来，边扭还边假装拿着麦克风唱歌！哈哈哈，这场景绝对值得拍照留念！

第二回
独家新闻!

又到了课间。

"这回,咱们试试这对'大象耳朵'吧?"摩图斯这个建议深得我心。

"好主意,不过得让我先来!"

我把那对超大的"耳朵"套在头上,转来转去。操场上,同学们左一群,右一伙,我逐个监听过去。哈,这对"大象耳朵"实在太厉害了!

戴上它，不仅能把大家说的话听得一清二楚，还能听到大家心里在想什么。真是太实用了！

几个女孩子聚在不远处，看着我们的方向，正在悄悄议论着什么。哦，让我听一听……我把"大象耳朵"对准她们。哈，我直接听到了摩尔多拉的心里话："哦，摩图斯怎么那么帅啊！可惜他看都不看我一眼。要是他能对我感兴趣，哪怕那么一点点儿也好啊……"

摩图斯问我为什么突然哈哈大笑。我直接把"大象耳朵"套在了他的头上："戴上，自己听……"

摩图斯一听，脸腾地红了起来。

　　他一下子扯下"耳朵",好像被"耳朵"烫到了一样。

　　"给你,我不戴了,"他嘟嘟囔囔地说:"一点儿也不好玩!"

　　为了缓解尴尬,我建议大家试试下一件装备:真心话麦克风。

这个麦克风看上去跟普通的麦克风没什么不同,但是,它却具有揭穿所有谎言的强大功能。

"嘿嘿,这下班主任老师就没有秘密可言喽!"

赛比雅老师刚刚答应我今天下午会接受一次采访,我打算将采访内容作为《小小巫师报》的素材。老师说采访就在班级里进行,她觉得这对班里其他同学来讲也是一个很好的实践机会。

课间结束,我们回到教室里。

老师宣布:"大家都知道,咱们班的摩尔迪古斯出任这个月的校报编辑,我答应咱们的新任小记者接受一次采访,现在就开始吧!"

我拿了把椅子坐在老师对面,开始提问。

虽然我本来也想着用真心话麦克风揭露一些真相,但确实没想到能翻出这么多秘密来……

第三回
真心话

"赛比雅老师,您好。首先,感谢您能接受我的采访。您能告诉我们您最喜欢什么颜色吗?"

"嗯,我最喜欢的颜色是红色。"

"您最喜欢什么动物?"

"猫头鹰。"

"您觉得自己有什么不好的习惯吗?"

"啊，我太爱吃搞怪糖了……"

"您最喜欢的学生是谁？"

"马克西姆斯啊，那还用问！"

"哦！"整个班级一片哗然。大家惊讶极了，眼睛都瞪得像灯泡一样。

即使这其实也不是什么秘密，但是，这话从老师嘴里说出来还是非常令人震惊的。

老师并没有意识到发生了什么,因为她绝对想不到我会用真心话麦克风采访她。

我可不能错过这个机会,于是继续追问:"是什么促使您选择了小学老师这个职业呢?"

"呃……其实是这个职业选择了我!我自己一直梦想在大自然里工作,我喜欢做跟植物、动物相关的事情……我觉得植物学家或者猫头鹰饲养员,这样的工作应该更适合我!"

老师沉浸在自己的世界里。

"您是不是不喜欢孩子?"

"哦,不,不,不。喜欢肯定是喜欢的……但是,说真心话,孩子们太好动了,太吵了，而且，孩子们没什么礼貌……哦，还有，我就直说了吧，孩子们也不太讲卫生！"

这一番话震惊了全班，同学们都呆若木鸡，班级里一瞬间鸦雀无声。

我心中窃喜，这次采访肯定特别出彩！

最后，我请求赛比雅老师允许我给全班同学拍一张合影。装备盒子里的另一件法宝——预测未来相机——派上了用场。大家摆好了姿势，咔嚓一声，合影拍好啦！

晚上，我查看相机里面的合影时，观察到了一个细节：照片里，马吕斯并没有专心跟大家拍照，他的注意力都在赛比雅老师的讲桌上，他正伸手要拿走老师的魔力纠错笔。这支笔能自动修改作业里面所有的错误,全班同学都梦想着自己能拥有这支笔,这样考试就轻松多了。

现在看来,马吕斯确实比任何人都更想提高自己的成绩!

好啦,有了这么多素材,我编一期校报完全不成问题,而且我确信这一期的精

彩内容绝对可以载入史册……我还能借机报复一下马吕斯，这个家伙刚刚告发我上一次考试抄了他的答案！

第四回
《小小巫师报》

小小巫师报

人物
深藏不露的教导主任

我们一直都很想知道教导主任到底是个什么样的人。他的一天是怎样度过的?他有什么爱好?他把自己关在办公室里到底在忙什么?学生们本就好奇这位领导到底是什么样的人格?

我们对此进行了独家调查,终于让这一切水落石出:在严肃的外表下,教导主任其实是位艺术家,他热爱音乐,擅长跳舞,舞技高超堪比碧昂斯!

小小巫师报

独家采访
与众不同的赛比雅老师

我们敬爱的老师还有许多不为人知的秘密。一直以来，大家都笃定地认为赛比雅老师天生就适合教师这个职业，在教室里一手拿教鞭、一手拿教材的形象对她来讲最适合。但是谁又能想到，在赛比雅老师的内心深处深藏着对其他职业的热爱，比起为学校贡献一生，这种热爱更是赛比雅老师真正的追求。通过本周一次毫不设防的采访，赛比雅老师的详细描述让我们得以了解她真实的想法。

在被问到关于职业选择的问题时，赛比雅老师向我们开诚布公地说她其实本来想成为植物学家或者猫头鹰饲养员。更让我们意想不到的是，她表示与学生们在一起并不是她最想要的，并提到"孩子们又好动又吵闹，而且还不怎么有礼貌！"。

她还开玩笑地补充道："孩子们也不怎么讲卫生！"

而谈及她是否有最喜欢的学生时……老师毫不避讳地回答："当然有啦，马克西姆斯是我最喜欢的学生。我可宝贝他了。"

小小巫师报

爱意浓浓
秘而不宣的心动

今天,摩尔多拉向我们坦白了她内心的波澜。摩尔多拉爱上了班里面的一个男孩子(为了尊重这位男孩子,我们暂不透露他的姓名),她热切地期待着有一天她的白马王子也能爱上她。

她的内心独白有些凄惨:"可惜他看都不看我一眼。到底怎样才能让他对我产生哪怕一点点儿的兴趣呢?"

摩尔多拉,你何不尝试向摩图斯(你所谓的真爱)表白呢?说不定他恰好也对你有意,只是不敢贸然行动呢?快去找他,跟他敞开心扉,俗语说得好,"万事开头难"嘛……

独家惊爆!

成绩一直堪忧的马吕斯同学貌似终于决定放手一搏。根据可靠消息,为了提高成绩,他将要采用非正规手段:盗取老师的魔力纠错笔。这样做的效果可谓立竿见影,但是这种不正当的方法并不可取……正式告诫马吕斯同学,在指责别人不够诚实之前,你还是先管好你自己吧!

采编:摩尔迪古斯
责编:摩尔迪古斯
摄影:摩尔迪古斯
校对和印刷:摩尔迪古斯

第五回
轩然大波!

这么跟你们说吧,我最新一期的《小小巫师报》在学校里引起了绝对轰动,堪称轩然大波!

我早上刚进校门,摩图斯就咬牙切齿地向我冲过来:"啊,你终于来了,你这个家伙!我谢谢你写的'爱意浓浓'!这下好了,所有人都在说这个……你疯了吗,你?"

正在这时,摩尔多拉从我们身边走过。男孩子们兴奋地起哄,一边模仿亲吻的声音一边怪叫着:"哦,我亲爱的,你为什么看都不看我一眼呢?"

"快告诉我,你是怎么想的,我亲爱的!"

摩尔多拉倒是没说什么,她只是一甩头发,愤然离开。但是摩图斯看向我的眼神却充满了憎恨。

吃午饭的时候更惨,老师叫来了我的爸爸妈妈,让我们三个都到她的办公室。

爸爸妈妈匆匆浏览了一下我编辑的校报，惊讶得瞪圆了双眼。我只能低着头盯着地板保持沉默。

"真是令人发指啊！"赛比雅老师怒气冲冲地说，"摩尔迪古斯用他自己所谓的揭秘起底独家新闻，把他的三个小伙伴推上了风口浪尖！摩尔迪古斯，你把这叫新闻精神吗？我看你这纯属诬陷！"

爸爸妈妈哑口无言，他们只能怒气冲冲地看着我，脸上写满了疑惑。

"再说教导主任，他现在有事不能过来，但是，他对有人说他整天在办公室跳舞这件事表示强烈的反对……"

我可能是搞错了，但是我真的觉得我妈妈在努力忍着不笑出声来……

但爸爸完全是一副极其严肃的样子："赛比雅老师,我向您保证这样的事不会再发生,而且摩尔迪古斯必须受到惩罚。我们先没收他的间谍装备。"

"唉,可是,"老师叹了一口气,"我担心的是,这已经造成了不可挽回的后果。马吕斯的爸爸妈妈告诉我,马吕斯因为被摩尔迪古斯戳穿而感到极度恐慌,为了逃避惩罚,他离家出走了⋯⋯"

哦,怪不得今天没见到马吕斯来上学!那么,当务之急当然是赶紧找到马吕斯哦!幸好,我觉得我是有办法的。

在把我们送到门口的时候，老师好像突然又想到了什么："啊！对了，呃……我必须得告诉你们，我非常爱孩子们，而且我对所有的孩子都一视同仁，嗯，那个……我绝对不会厚此薄彼。说什么哪个孩子是我最宝贝的，那都是无稽之谈。"

第 六 回
马吕斯留下的蛛丝马迹

听说我要去把马吕斯找回来,小伙伴们纷纷表示要贡献一份力量。就连摩图斯都暂时放下了对我的意见,决定先帮我解决眼下最紧迫的难题。

我们回到家里,爸爸妈妈已经回办公室继续上班了,我们得以大摇大摆地晃进他们的房间。

"你确定他们不会突然回来吗?"马克西姆斯显得十分担心,"要是我爸爸妈妈抓到我在他们房间里面乱翻……"

我给他吃了一颗定心丸:"放心吧,他们至少得两小时后才会回来。而且,谁告诉你我在乱翻?妈妈把东西藏在哪儿我清楚得很,根本用不着翻。"

我一点儿没说大话,妈妈就喜欢把东西藏在她衣柜下层的鞋盒子下面。所以,我径直走到衣柜那里,不费吹灰之力就找到了妈妈藏起来的圣诞礼物和所有她不希望被我找到的东西。而且,果不出所料,我最珍贵的间谍装备,就藏在这里!

"我只拿寻人必需的东西，别的我既没看也没动，都放回去了哦！"我边说边从盒子里拿出一副望远镜和一支有特殊功能的魔法笔。

接着，我又到爸爸的书房里取来一张地图。我把地图展开，把魔法笔立在地图上方，然后把所有的意念都集中在马吕斯这个名字上面，想通过这个方法看看他到底身在何处。突然，我感到那支笔就像被磁石吸住一样开始向地图的某一个点移动。

我睁开双眼。小伙伴们正聚精会神地盯着我。我让他们看地图，那支笔停在了一个绿点点上，那里所显示的正是我们再熟悉不过的地方。

"怎么样,这是一支魔法定位笔,"我得意地说,"厉害吧!"

"确实不赖,"马克西姆斯说,"但问题是,它指的,是德鲁伊特森林啊!"

"马吕斯疯了吗?"摩图斯禁不住责备道,"一个人跑到那儿去,多危险啊!"

"所以才需要尽快把他找回来啊！"

"说得轻松，"马克西姆斯有些丧气，"在那么一大片林子里找人，简直就是大海捞针！"

"哦，不找找怎么知道！"我信心满满。

第七回
成功营救马吕斯！

"这简直太疯狂了！"摩图斯忍不住大叫，"要是让爸爸妈妈知道我们骑着扫帚跑到这么远的地方，那以后我们就别想再碰魔法扫帚了。"

通常，爸爸妈妈只允许我们骑扫帚去比较近的地方，比如从家到学校。但是德鲁伊特森林路途遥远，又危险重重……

目的地就在下方,确实看起来阴森森的,令人不寒而栗。

"现在该怎么办呢?"马克西姆斯问。

这就要用到我的望远镜啦。我举起望远镜一边搜索,一边小声地念马吕斯的名字。

突然,望远镜转向森林边缘的一个地点。幸好,马吕斯还没有走太远……

哈，我看到他了，可怜的马吕斯，他的扫帚卡在了一棵大树的树枝里。快，冲过去！

马吕斯也看到了我们，他焦急地向我们挥了挥手，然后马上又抓紧他的扫帚防止自己掉下去。

这个笨手笨脚的家伙骑扫帚撞到了大树。幸好他撞到的是一棵弹力无花果树，

这种树特别好辨认，因为它的树干像口香糖一样软软的，它的树枝也都像橡皮筋一样弹力特别大。正因为是弹力树，马吕斯才没有出什么大事！

"快，抓住我的扫帚！"马克西姆斯向马吕斯大喊道。

马吕斯战战兢兢，他努力地抓紧马克西姆斯的扫帚，马克西姆斯一个升空，拎着马吕斯摆脱了困境。

落地后，马吕斯忙不迭地感谢我们："太感谢你们啦，兄弟们！"

开始的时候，他看向我的眼神还有些古怪，但当他得知这一切都是我的主意，而且找到他多亏了我的精良装备，他就马上和我冰释前嫌了。其实，我也觉得马吕斯人还是不错的……

换作我是他，我还真不知道自己会做何反应……

"摩尔迪古斯，"马吕斯对我说，"其实，你的预测未来相机搞错了。我确实想过拿走老师的魔力纠错笔，但我真的只是想想而已，绝不会真动手！"

很显然，这部所谓的预测未来相机应该预测的是人的想法，而不是现实。看来我应该更仔细地读一读说明书……而不应该盲目自信！

幸好，所有的问题都解决了：爸爸妈妈看到我们平安回来都松了一口气，很快原谅了我们。